St ||||||||||||||||||||||||||||||||| ry

☞ W9-CSY-721

Queridos padres:

¡Felicitaciones! Su hijo esta tomando los primeros pasos en una gran aventura. ¿Y el objetivo de esta aventura? ¡Leer por sí mismos!

Los libros de **STEP INTO READING**® o "lanzarse a la lectura" ayudaran a su hijo a llegar a este destino. El programa ofrece cinco niveles de libros que acompañan a su hijo desde sus primeros intentos con la lectura hasta su gran éxito. Cada nivel incluye cuentos divertidos, literatura fantástica e historias de la vida real, con imágenes muy coloridas.

¡Aprendiendo a leer, paso a paso!

Listo para leer Preescolar–jardín infantil
• **letras grandes y palabras fáciles** • **ritmo y rima** • **dibujos guía**
Para niños que conocen el alfabeto y tienen gran deseo de comenzar a leer.

Leer con ayuda Preescolar–Grado 1
• **vocabulario básico** • **frases cortas** • **cuentos sencillos**
Para niños que reconocen palabras familiares y con ayuda exploran sonidos para palabras nuevas.

Leer por sí mismo Grados 1–3
• **personajes cautivadores** • **historias fáciles de seguir** • **temas populares**
Para niños que están listos para leer solos.

Leer párrafos Grados 2–3
• **vocabulario retante** • **párrafos cortos** • **cuentos emocionantes**
Para nuevos lectores que pueden leer frases simples con confianza.

Leer capítulos Grados 2–4
• **capítulos** • **párrafos más largos** • **imágenes a todo color**
Para niños que quieren comenzar a leer libros con capítulos pero todavía quieren dibujos coloridos.

Los libros de **STEP INTO READING**® están diseñados para darle a todos los niños una experiencia exitosa en la lectura. La identificación de los niveles y el grado escolar es meramente indicativa. Los niños pueden progresar a lo largo de estos pasos a su propio ritmo, desarrollando confianza en su lectura sin importar en que grado se encuentren.

¡Recuerda que el amor a la lectura comienza con un solo paso!

A Paul, quien tiene el corazón más grande
—J. W.

www.stepintoreading.com

Educators and librarians, for a variety of teaching tools, visit us at
www.randomhouse.com/teachers

Library of Congress Cataloging-in-Publication Data
Weinberg, Jennifer Liberts, 1970–
[Piglet feels small. Spanish]
Piglet se siente pequeño / por Jennifer Liberts Weinberg ; ilustrado
por Josie Yee ; traducido por Adolfo Peréz Perdomo. —1st Spanish ed.
        p.   cm. — (Step into reading. A step 1 book.)
SUMMARY: Piglet feels sad because he's too small to climb trees or fly kites until his friends
remind him of the many things he can do.
ISBN 0-7364-2143-2
[1. Size —Fiction. 2. Pigs—Fiction. 3. Toys—Fiction. 4. Spanish language materials.] I. Yee, Josie,
ill. II. Title. III. Series. Step into Reading. Step 1 book.
PZ73 .W44 2003
[E]—dc21
2002009321

Printed in the United States of America   10 9 8 7 6 5 4 3 2 1

STEP INTO READING, RANDOM HOUSE, and the Random House colophon are registered trademarks
of Random House, Inc.

STEP INTO READING®

PASO 1

DISNEP
Winnie Pooh

Piglet se siente pequeño

Por Jennifer Liberts Weinberg
Ilustrado por Josie Yee
Traducido por Adolfo Pérez Perdomo

Random House 🏠 New York

¡Pooh puede

trepar a un árbol!

Piglet es muy pequeño para trepar a un árbol.

Tigger puede rebotar alto.

Piglet es muy pequeño
para rebotar alto.

Christofer Robin
puede volar una cometa.

¡Oh, cielos!

Piglet es muy pequeño

para volar una cometa.

—¡Yo soy muy pequeño
para hacer cualquier cosa!
dice Piglet.

Pooh le dice a su
triste amigo,

—Pero mira todo lo

que tú <u>puedes</u> hacer.

—Puedes recoger moras,
dice Pooh.

—Tú puedes sembrar
semillas, dice Pooh.

Piglet es una gran ayuda
para Rabbit.

—¡Sí! dice Piglet.

—Y yo puedo compartir
contigo y con Igor.

—Yo puedo jugar

con los palitos de Pooh.

—¡Y yo puedo contar!
grita Piglet.

—¡Yo puedo tararear
una alegre canción
contigo...

...y también jugar

a lo que haga el líder!

Cuando alguien está triste,

no es malo ser pequeño.

¡Piglet puede dar grandes abrazos,

y puede hacer sonreir

a un amigo!

Piglet siempre hace
hasta el último esfuerzo.

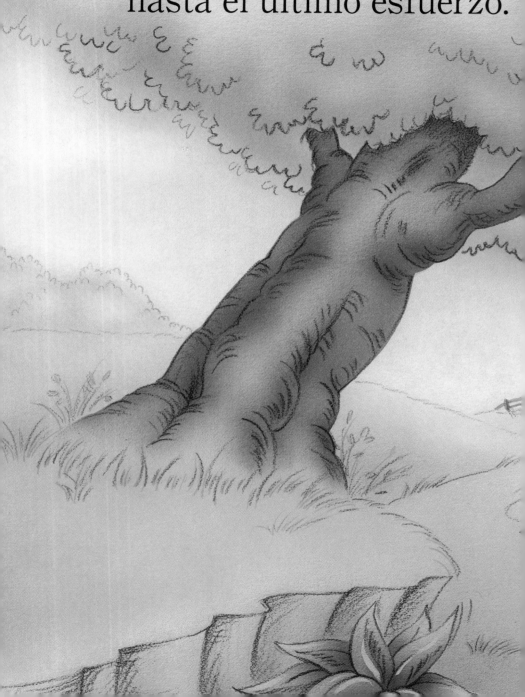

¡Piglet es pequeño,
eso es verdad...

...pero él puede

hacer muchas cosas,

igual que tú!